AF 139451

BoD – Books on Demand

Über die Autorin:

Marion Keil ist 1973 geboren. Bereits als Kind hat sie ihre Leidenschaft zum Schreiben entdeckt. Zunächst schrieb sie Kindergeschichten für die Zeitung. Als Grundschullehrerin hat sie in mehreren Verlagen als Autorin Sachbücher, Unterrichtsmaterialien das Kinderbuch „Verliebt in Klasse 3b" und ein Buch über die neue Küchenmaschine „Mein Wundermixer" veröffentlicht.

Marion Keil

Cluburlaub inklusive

Roman

BoD – Books on Demand,
Norderstedt

Bibliografische Information der Deutschen
Nationalbibliothek:
Die Deutsche Nationalbibliothek verzeichnet
diese Publikation in der Deutschen
Nationalbibliografie; detaillierte bibliografische
Daten sind im Internet über http://dnb.dnb.de
abrufbar.

© 2015 Marion Keil
Herstellung und Verlag:
BoD – Books on Demand, Norderstedt

ISBN: 978-3-7386-4825-6

**Für Cluburlaub-Fans
und alle, die noch hin wollen**

Vorwort

Auf den Urlaub freuen sich viele Leute das ganze Jahr. Auch uns geht es hier nicht anders, als wir im Sommer aufbrechen. Was wir alles erleben, berichte ich hier. Machen Sie sich also mit uns auf den Weg in den „Club" in die Türkei und lassen Sie sich von unseren Urlaubserfahrungen gut unterhalten und mitreißen. Sicher wird Ihnen die eine oder andere Begebenheit bekannt vorkommen…

Viel Spaß wünscht die Autorin Marion Keil

1. Kapitel: Sonne-Strand-und-Meer-Träume

Die Wellen rauschen, ich liege am Strand. Der entspannende Moment, den ich schon so lange herbeigesehnt habe. Während die nächste Welle sich am Strand bricht, ein ohrenbetäubendes Geräusch. Das Klingeln des Schulgongs lässt meine Kolleginnen und mich im Lehrerzimmer aufschrecken. Das Geschrei der Pausenkinder tönt durch das offene Fenster hinein. Noch drei Schultage bis zu den Sommerferien! Im Gegensatz zu einigen Eltern und Kindern, die der Meinung sind, dass vor den Ferien eh nichts mehr läuft, habe ich als Klassenlehrerin noch hehre Ziele: Das Arbeitsheft in Mathematik soll fertig werden und ein letzter Buchstabe muss noch gefestigt werden. Trotzdem ist mir das Wellenrauschen schon näher als das Unterrichten. Zehn Tage Cluburlaub Türkei liegen vor uns! Mit knapp über 40 mein erster Cluburlaub „all inclusive". Wie es dazu kam? Nach der langen bis zum Frühsommer andauernden Erkältungszeit mit den neuen mitgebrachten Viren und Bakterien meiner Erstklässler hatte ich den Wunsch auf Sommer, Sonne, Strand und Meer. „Wieder Mallorca?", fragte mein Mann. Etwas ratlos äußerte ich meinen Wunsch nach Strandurlaub im Reisebüro und kam mit einer Menge gelber, grüner und blauer Urlaubskataloge nach Hause, die nach Sonne und Meer schrien. Als meine Tochter, mein Mann und ich uns die glänzenden Hefte aufteilten, rief unsere Tochter sogleich aus: „Hier gibt es Poolrutschen, hier will ich hin!" „In die Türkei?" Warum eigentlich nicht? „Hier wird garantiert Sommer sein", bestätigte uns die freundliche Dame im Reisebüro. Und schon hatten wir zehn Tage 5-Sterne-Cluburlaub an der türkischen Riviera gebucht. Zweifel an diesem Urlaubsziel kamen uns dann eine Woche zuvor, als die Sicherheitslage im Land etwas unklar wurde. Doch die höfliche Frau Reisebüro wusste hier zu beruhigen: „Frau Keil, schauen Sie am besten keine Nachrichten! Alles Sommerloch, aufgeputschte Sensationsgier der Medien, nur ein Reisehinweis, keine Reisewarnung, alles kein Problem." Da hätte sie schon ganz anderes erlebt! Sie schaffte es jedenfalls, dass wir in die akute Planungsphase gingen. Für listenerprobte Grundschullehrerinnen wie mich hieß das:

Urlaubsliste der vergangenen Urlaube auf das momentane Urlaubsziel anpassen, Reiseapotheke checken und Sonnenmilch in allen Tubengrößen und Lichtschutzfaktorvarianten kaufen.

2. Kapitel: Reisefieber oder „Morgen geht´s los!"
Warum geht die Reisefreude für Mütter immer erst los, wenn sie im Ferienflieger sitzen? Weil vorher noch so viel zu regeln ist! Ich stehe vor dem Kleiderschrank und schreie meinem Mann zu, der noch gemütlich mit einer Tasse Kaffee in der Tageszeitung blättert: „Nimmst du lange Hosen mit?" „Nee." „Und Jacken?" „Nee." „Bist du sicher, dass es dort täglich über 30 Grad sein wird?" „Ja." Warum sind Männer nur immer so zuversichtlich, in Sachen Mode so unkompliziert und vor allen Dingen so einsilbig? Während ich einen halben Tag lang meine Liste abhake, Sachen zusammensuche, die Kleiderfrage abwäge und mehrmals überdenke, noch

ein zweites Mal zur Apotheke fahre, um Übelkeitspillen zu besorgen (man weiß ja nie, ob der Salat nicht mit verunreinigtem Trinkwasser gewaschen ist…) und zum achten Mal checke, ob ich die Reiseunterlagen eingepackt habe, geht das bei ihm am Abend zuvor so: Er holt seinen Koffer vom Dachboden, legt eine Handvoll kurzer Klamotten hinein, holt seine Sachen aus dem Bad und schließt den Koffer. In zehn Minuten fertig, echt bewundernswert! Ich eile noch zu den Nachbarn, um sie als auserwähltes Security- und Haustierkümmerteam mit den Gepflogenheiten unserer Haustiere vertraut zu machen und mit unserem Hausschlüssel zu bewaffnen. Geschafft und ich bin´s auch! Da fällt mir ein: Was hat unsere Tochter eigentlich eingepackt? Sie scheint ganz nach ihrem Vater zu kommen, denn auch sie rief mir mittags nach zehn Minuten „Fertig!" zu, um zum Spielen im Garten zu verschwinden. Als ich in ihren Koffer schaue, wird mir alles klar: Papagene! Immerhin hat sie zehn Unterhosen für zehn Tage eingepackt, zähle ich nach. Der restliche Koffer ist mit T-Shirts, kurzen Hosen und Kleidchen überfüllt. Aufgrund der bereits verspäteten Schlafenszeit unserer Prinzessin packe ich noch Bücher (Bildung schadet nie, auch nicht im Urlaub!) und Kartenspiele ein. Den Rest kriegen wir morgen, auch wenn ich dann wie immer die Hektischste und Aufgeregteste der Familie bin. Wie gerne wäre ich auch mal ein entspannter „Turnbeutelvergesser"!

3. Kapitel: Einreise ins fremde Land

Ich liebe „Zug zum Flug"! Als Deutschlehrerin liebe ich den gelungenen Reim samt der vielen „U`s" und im realen Leben die Tatsache, dass es kostenlos zur Reise dazugehört. Auch das Bahnreisen mit meiner Familie mag ich, da unsere Tochter immer noch begeistert einen Fensterplatz einnimmt und die vorbeihuschende Landschaft freudig kommentiert. Nur das viele Gepäck ist lästig und da ich wie zu erwarten den schwersten Koffer meiner Familie gepackt habe, mühe ich mich ins Zugabteil, bis mein Mann mich von der Last befreit. Schon blickt mich ein erstes bekanntes Gesicht an. Es gehört einem Mann, der an der Abteiltür sitzt. Während wir an den Koffern zerrend weitergehen, überlege ich, woher ich ihn kenne. Nach meiner peinlichen Begegnung im Freibad letzte Woche halte ich mich aber mit Ansprechen zurück. Dort ging es mir ähnlich: Ein Mann Ende 40 lächelte mir freundlich zu und ich wusste gleich: den kenne ich, gut sogar. Also nicht so gut, wie Sie jetzt denken. Aber wir haben schon zusammen gesprochen, das weiß ich mit Sicherheit. Peinlich berührt aufgrund seines erneuten Zulächelns wende ich mich ab und überlege: Chor, Sport, etwa der ehemalige Mathelehrer meiner Tochter? Fehlanzeige! Als mein Mann mich ertappt, wie ich diesen anderen Mann anstarre, frage ich ihn: „Kennst du den Mann auch?" „Nö, wohl eine alte Flamme von dir!?", lacht er auf. Das kann ich glücklicherweise verneinen, doch ich glaube, ich habe ihn schon nackt gesehen und da kommt mir ein Geistesblitz: Ich kenne ihn aus der Sauna! Als ich noch wöchentliche Saunagängerin war, sah man donnerstags dort immer die gleichen Leute und daher kennen wir uns! Mit einem allwissenden Gesichtsausdruck schlendere ich also an ihm vorbei, um das Geheimnis zu lüften. Als er mich freundlich grüßt, entgegne ich: „Jetzt ist mir auch eingefallen, woher wir uns kennen. Aus der Sauna!" „Äh, nein." Betretenes Schweigen. „Denken Sie mal an die Schule", sagt der Mann nun grinsend. Ich möchte rot angelaufen im Erdboden versinken: Es ist der

Vater von Jeremy aus der vierten Klasse, dessen Musikfachlehrerin ich war. Nach dieser leidvollen und peinlichen Erfahrung übersehe ich also den Mann im Zug zum Flug und konzentriere mich auf die Sitzplatzsuche. Da wir keinen Viererplatz ergattern können, sitzen wir hintereinander. Mir fällt auf, wie leise es im Abteil ist. Als ich mich umschaue, sehe ich, dass alle Umsitzenden auf ihr Handy starren oder tippen. Seit es schnelle und überall zugängliche Nachrichtenversendedienste gibt, entfällt das Geklingele und Angerufe. Glücklicherweise muss ich diesmal keine ins Handy gehauchten Liebesschwüre oder belanglose Gespräche anhören wie: „Hi Mum, bin gerade im Zug, der Schaffner hat blaue Hosen an und pfeift gerade zur Abfahrt in Tupfinghausen. Der Zug wird 3 Minuten und 48 Sekunden verspätet ankommen, nicht dass du wartest. Und was gibt's sonst so Neues?" Wie habe ich bloß meine handylose Jugend überstanden, in der man nicht permanent seine Gefühlslage und seine GPS-Daten mitteilen musste? Die Stille wird am nächsten Halt jäh von zwei schnatternden Frauen mittleren Alters unterbrochen, die sich quatschend auf die Plätze neben meinem Mann setzen. Als die eine, eine Dose Piccolo in der Hand, Marke Püppchen mit Schühchen und Täschchen mitteilt, dass ihr Mann ihr zum 40.

Geburtstag eine Brustvergrößerung schenkt, schäme ich mich fremd. Nachdem sie auch noch ihr Gehalt, ihre nicht erfreuliche berufliche Karriere, ihr letztes Abendessen beim Chinesen und den Besuch bei der Kosmetikerin inklusive Beschreibung aller möglichen Aknesorten herausposaunt hat, ist mein Mann schon längst augenrollend in die Handymanie eingestiegen und hat sich „abgestöpselt", nachdem er die Kopfhörer aus dem Rucksack gezogen hat. Ich bin neidisch, denn ich kann aufgrund der unglaublich schrillen Gesprächslautstärke des Püppchens nicht weghören und meine Kopfhörer habe ich tatsächlich vergessen! Ich zücke Stift und Block und mache mir einen Notiz zur Ergänzung der Urlaubsliste: Kopfhörer zum Ausblenden von Lebensgeschichten fremder, unter Logorrhoe (Sprechdurchfall) leidender Mitreisender. Die nächste Station auf dem Weg ins Flugzeug ist die Sicherheitskontrolle. Nachdem ich in jugendlichem Leichtsinn auf meinem ersten Flug einen Kassettenspieler (ja, lange her, ich weiß!) im Handgepäck hatte und damit zum Schrecken meiner damals mitreisenden Freundinnen abgeführt wurde, ist mir hier immer mulmig zumute. Auch ein gründliches Checken der Sicherheitsbestimmungen vorab beruhigt mich nicht. Es wäre mir heute vor unserer Tochter unangenehm, nochmals wie eine

Terroristin mitgenommen zu werden. Daher pflege ich mittlerweile die Taktik, meine halbe Tasche auszuräumen und alle potentiell vom Ultraschallgerät zu findenden gefährlichen Dinge schon vorher zu zeigen. „Angriff ist die beste Verteidigung" ist mein Motto. Sehr zum Ärger der dadurch ewig wartenden Leute in der Schlange hinter mir. Als ich ungefragt meinen Gürtel aus der Hose ziehe, die mir fast herunterrutscht, habe ich alle Blicke auf mir ruhen. Mein Mann sieht mich erstaunt an und ich erkläre ihm und der umstehenden Menschenmasse: „Der piept hier immer so." Hätten sie hier wie beim Zahnarzt eine Kartei von mir angelegt, so wäre hier sicher eingetragen: „Hektische, hysterisch überängstliche deutsche Scheinterroristin." Wir passieren die Grenzkontrollen dennoch ohne weitere Vorkommnisse und endlich geht's zum Boarding. Mein entspannter Flugsitzplatz ist mir nicht vergönnt, denn wie könnte es anders sein: Eine Familie mit einem „Justin" setzt sich neben mich. Mit jenen Familienerziehungsstrukturen, in denen ein geflüstertes, fünf Mal wiederholtes „Hör doch bitte auf, lieber Justin" zum ernsten und lauten Tonfall gehört. Nachdem die Eltern dreimal die Plätze gewechselt haben, weil Einzelkindschätzchen Justin alle drei Minuten woanders sitzen möchte und sich schon zwei Spielzeuge aus dem Bordshop-Magazin lautstark gesichert hat, überlege ich ob ich - einmal Lehrerin, immer Lehrerin – der Justinschätzchen-Tyrannei ein Ende bereiten soll. Doch da packt Justin-Mama ihr I-Pad aus, überreicht die pädagogisch unwertvolle Spielekiste im Flugzeugmodus und die Ruhe ist wieder hergestellt. Heute ist die Schule aus, denke ich und lehne mich entspannt zurück. Endlich Urlaub. Türkei, die Weißhäute kommen!

4. Kapitel: Ankunft im Rutschenparadies

Als wir mit unserem Urlaubsflieger aufsetzen und auch hier nach der gelungenen Landung des Piloten geklatscht wird, neigt sich die Sonne bereits zum Untergehen. Ich bin erstaunt, denn trotz einstündiger Zeitverschiebung ist es hier um 20 Uhr stockdunkel, als wir unseren Hoteltransferbus suchen. „Im Süden Europas wird es im Sommer früher dunkel", belehrt mich mein Mann. Das habe ich nicht gewusst, ebenso wenig wie die Tatsache, dass wir abends hier noch in schwülen 30 Grad landen. Meine einzige mitgenommene lange Hose ist die, die ich anhabe und die ist jetzt definitiv zu warm. Nachdem es der klimatisierte Bus (welch ein Glück) nach eineinhalb Stunden Hotelanfahrten endlich zu unserem Domizil geschafft hat, bin ich froh, dass wir endlich da sind. Die Hinreise ist immer länger, tröste ich mich und außerdem kann ich fröhlich sein, dass wir 5 Sterne gebucht haben und nicht an einem Hotel mitten in der City rausgeworfen wurden, neben dem das lautstarke Nightlife tobt. Die Kofferträger eilen auf uns zu und schnappen mein Gepäck weg. Als wir an der Rezeption dann in Ketten gelegt werden (Tragen eines Bändchens am Arm ist hier obligatorisch!), weiß ich: Wir sind im Club!

5. Kapitel: Sonnenanbeter für die Sonnenschutzpolizei

Egal wann und wo ich am Meer ankomme: Ich muss zuerst zum Strand! Doch nach der zehnstündigen

Anreise mit Zug zum Flug, Check-In, Boarding, Landing und der Hotelbusanfahrrunde nehmen wir doch zunächst das Angebot des Hotels zu einem warmen Buffet-Abendessen wahr. Aufgrund der Dunkelheit am Meer schlendern wir bald über die großflächige Hotelanlage. Keiner hat lange Hosen an und selbst nachts fallen die schwülen Temperaturen hier nicht unter 25 Grad. Unser Club scheint eine gute Wahl zu sein, denn wir kommen über eine Art Martkplatz, an dem von anderen Clubbern bei Livemusik genüsslich Cocktails geschlürft werden. Uns zieht es heute allerdings bald müde in unsere Zimmer.

Am nächsten Morgen bin ich die Erste, die den Vorhang im Zimmer öffnet. Ein strahlendblauer Himmel mit Sonnenschein begegnet mir. Genauso muss in diesem Jahr der Urlaub sein! Nach dem reichhaltigen Frühstücksbuffet geht es zunächst an den Pool. Dafür habe ich mich zuhause schon bestens vorbereitet, denn Sonnenschutz ist bei mir und meiner Tochter ein nicht zu vernachlässigendes Thema. Wir sind beide hellblond und hellhäutig und somit schnell verbrannt. Während meine Familie aufgrund des sonnigen und heißen Reiseziels bereits lustige, teils spöttische Kommentare wie „weißer Hai geht an den Strand" auf den Lippen hatte, habe ich vorgesorgt. Für unsere Tochter fiel die Wahl schnell auf einen stylischen Tauch-Shorty. Doch was kann ich tragen, um Schulter, Rücken und Dekolleté vor den tückischen UV-Strahlen zu schützen? Da ich für zehn Tage Sonnenurlaub keine Megainvestition tätigen wollte, besorgte ich mir ein UV-T-Shirt mit kurzer Badehose. Die neongelben Ärmel, das blaue Brustmuster und der orange Rücken sahen im Katalog bei der Surfschönheit eindeutig besser aus als an mir. Aber sei´s drum: Besser nicht ganz „up to date" als nach dem ersten Strandtag Zimmerarrest wegen Sonnenbrand für mich Hellhaut. Als ich Mann und Kind meine Sonnenschutzkluft vorführe, stellt mein Mann fest, dass ich mit meiner türkischen „Badeburka" am Strand sicher nicht auffalle, Meine Freundinnen wählen mit „Burkini" einen liebevolleren Namen für mein neuerliches Bade-Outfit. „Willst du denn gar nicht braun werden, Mama?" Kein Wunder, dass unsere Tochter das fragt, denn sie war kein Zeuge meiner leidvollen bisherigen Bräunungserfahrungen. Nach meinem ersten tragischen kindlichen Sonnenbrand habe ich die Freibadsommer mit Handtuch über mir unter einem Baum verbracht. Als Jugendliche hat mir meine Mutter neben dem neu erfundenen hohen Sonnenschutz, der sich wie Kleister über die Haut zog, vor dem nahenden Sommer Carotintabletten verabreicht. Bei Übertreibung der Tablettenanzahl neigte ich dadurch zu babyoranger Haut. Ein Kürbis war Gold dagegen! Immerhin erreichte die Sonnencreme, dass mein Fuchsrot nicht überhand nahm. Zu Studienzeiten riet mir eine Kommilitonin, die im Sonnenstudio jobbte, zu einer Probevorbräunung Anfang des Sommers. Doch nach zehn Minuten dort stank ich wie getoastet. Ich sah aus wie ein Hähnchen aus der Mikrowelle. Auch die übliche Quarkkühlung konnte die Rötung nur spärlich verändern und ließ den Toastgeruch noch tagelang nachdampfen. Als ich meine Mitstudentin wieder traf, riet sie mir zu einer Anfangsdosis von drei Minuten Sonnenröhre. Doch dafür lohnte sich meiner Meinung nach die Fahrt und das Ausziehen nicht. So blieb nur die letzte Bräunungswaffe: Selbstbräuner! Nachdem ich auf der seitenlangen Gebrauchsanleitung nachgelesen hatte, dass ein Peeling zuvor angebracht gewesen wäre, war es schon zu spät. Ich hatte die Paste schon aufgetragen und meine nicht wohl riechende Haut hatte sich schon fleckig verfärbt. Blöd nur, dass ich es bereits auf Arme und Beine geschmiert hatte und alle Abwaschversuche zu spät kamen. So wusste bald die ganze Stadt, dass ich gerne bräuner wäre. Die mitleidigen Blicke meiner Mitmenschen ließen mich das braun-orange Zaubermittelchen schließlich vernichten. Es ist wie es ist: Die „vornehme Blässe", die meine Oma bei meinem Anblick immer wieder lobend hervorhob, ist meine!

Als ich im „Burkini" zum ersten Poolauftritt schreite, sehe ich schon einige Kandidaten für die „Sonnenschutzpolizei": knallrote Bäuche und Rücken, die sich in der Sonne räkeln. Mann, muss das wehtun! Haben die denn noch nichts von Hautkrebs gehört? „Hey, ihr Idioten, raus aus der Sonne, die Haut vergisst nichts, schon gar nicht alle Sonnenbrände. Ihr potenziert gerade euer Hautkrebsrisiko um ein Vielfaches!", möchte ich rufen. Doch wie schon erwähnt: Oberschulmeisterliche Belehrungen sind hier unerwünscht und „Die Schule ist aus!" wie mein Mann abends immer zu sagen pflegt, wenn ich schulmeisterlich rüberkomme. Hat mich die Rotnixe, die ich gerade beim grazilen Vorüberschreiten im Surfoutfit anstarre, etwa mitleidig angegrinst? Als ich mich umsehe, schauen mich noch mehr bei meinem ersten Catwalk an. Mein Mann hatte Unrecht: Keine weiteren „Burkinis", hier wimmelt es von Bikinis, gerne auch von fettleibigen Frauen getragen. Eine Chance also zur Verbesserung meines Selbstwertgefühls: Aufrechten, selbstbewussten Schrittes am Pool entlang zum nächstbesten Schattenplatz und dann ab ins kühle Nass mit meiner einzigartigen, außergewöhnlichen, besonders kleidenden, badeschicken neuen Urlaubsmode, die ich allen präsentieren und empfehlen möchte.

6. Kapitel: Handtuchleger

Einen Schattenplatz zu finden, ist am Clubpool allerdings leichter gesagt als getan. Die meisten Schattenbaumplätze sind mit Handtüchern belegt. Als ich mich umsehe, fällt mir auf, dass sich gar nicht so viele Menschen im Pool tummeln wie Handtücher auf den reservierten Liegen hängen. Beim Hausbau, erinnere ich mich, muss man pro Auto einen Stellplatz nachweisen. Warum müssen nicht alle Hotelpoolbesitzer einen Schattenliegeplatz optimal zur Poollandschaft ausgerichtet, nachweisen. Dann hätte die internationale Handtuchschlacht um die beste Pool-Position endlich ein Ende. Zum Liegendrama haben wir schön einschlägige Vorerfahrungen, vermehrt mit gewalttätig werdenden Männern. Hier im Club finden wir für den ersten Tag glücklicherweise noch einen Platz unter Sonnenschirmen. Im Vergleich zum Baumschatten muss man hier zwar für die bevorzugte Sonnenbeschattung ein Bein oder den Kopf auf der Liege einziehen, aber besser als Vollsonne oder erneute Liegendiskussionen ist dies allemal. In unserem ersten Mallorca-Hotel wurden meinem Mann Schläge angedroht, nachdem er einem anderen Hotelgast nach dreistündiger Abwesenheit den Sonnenschirm weggezogen hatte, um sich den unter den Nagel zu reißen. Mein Sonnenschutzheld konnte gerade noch durch Rückgabe und Entschuldigungen einem Boxkampf entfliehen. In einem weiteren Hotel eine ähnliche Szene, nachdem wir uns ein in der Mitte zwischen mehreren Liegen stehendes Tischchen rübergezogen hatten. Nachdem ein älteres Ehepaar (wohlgemerkt ohne Kinder) an seine Liegeplätze am knietiefen Kinderplanschbecken zurückkam, gab es hier fast wieder heiße Ohren. Nachdem mein Mann unter meinen flehenden Blicken höflich erklärte, dass es wohl ein internationales Zeichen zur Liegenbesetzung, aber nicht für Tische gibt, hielten wir den Fall für erledigt. Doch zwei Minuten später erschien der gutaussehende Herr der Rezeption im blauen Hemd, um eine Gästemediation durchzuführen. „Kein Streit, bitte kein Streit" waren seine einleitenden Worte, als eine bisher unbeteiligte Frau aus der zweiten Reihe rief: „Unser Tischchen hat er auch geklaut!" Das stimmte nun wirklich nicht und um einem Tischklaumassaker zu entgehen, packten wir unsere Sachen und machten uns auf an den Strand. Während wir uns nun hier im Club auf den halbsonnigen Fünfsterne-Liegen einrollen, spielen mein Mann und ich die Möglichkeiten für einen angenehmeren morgendlichen Poolaufenthalt im Schatten durch: Plan A: Ich hellblonde, blauäugige Frau könnte den Animateur oder den höflichen Mann an der Handtuchausgabe becircen uns morgens um 6 Uhr drei Liegen links neben der Kiefer unmittelbar am Wasserfall zu reservieren. Die drei perfekten Plätze habe ich da schon im Blick. Ich bin für den Handtuchmann, mein Mann für den Animateur. Plan B: Mein Mann steht morgens bei Sonnenaufgang auf und schreitet bewaffnet mit den international gültigen Handtuchzeichen persönlich für die Reservierung zum Pool oder Plan C: Wir wechseln uns mit Plan B ab. Als wir uns fairerweise auf Plan C verständigen und mein Mann ausführt, dass 6 Uhr am besten wäre, weil man dann nochmal die Chance hat, einzuschlafen, schrillt ein Wecker.

7. Kapitel: Guten Morgen, Clubber!

Das Weckergeräusch, das aus einem Megalautsprecher aus dem Kunstgebirge in der Nähe des Wasserfalls dröhnt, wird gefolgt von einem Hahnenschrei und Guten-Morgen-Song. Kurz darauf plärrt ein Animateur ins Mikro: „Guten Morgen Kinder. Seid ihr alle wach?" Ich komme mir vor wie im Kasperletheater und ich weiß auch schon, wer der Kasper ist. Eine Gretel spricht nun minutenlang das Animationsprogramm des Tages auf Deutsch, Russisch, Türkisch, Englisch und Französisch. Im Anschluss geht das Gekaspere und papageienartige Nachgeplappere mit den Kindern mit „Sag guten Morgen" und „Sag tschüs Mama, tschüs Papa" weiter. Danach folgt der uns bald verhasste Kindersong mit den Bewegungen „Jump forward, jump backward to the sun". Den Song hätte ich mit meiner Klasse besser einspielen können, doch ich lasse es über mich ergehen und denke:

Guten Morgen im Club! Nachdem die Kinder im Gänsemarsch hinter den Animateuren zum Clubraum dackeln, flüstert mir meine Tochter zu: „Mama, muss ich da auch hin?" Wir werden es uns überlegen, zunächst ist mal Familienzeit angesagt. Als die Kinder weg sind, schlägt die Beschallung um: Partymusik dröhnt aus allen Boxen. Na, meinetwegen. Ich springe ins kühle Nasse und als ich abtauche, kehrt wieder die entspannte Ruhe ein.

Nachdem ich wieder nass an Land komme, begegnet mir ein trillerpfeifender Animateur mit Ball. Er trommelt eine Mannschaft für Wasserball zusammen und schon wenige Minuten später toben rot- und blaubemützte Männer hinter dem Ball her, um ihn ins begehrte Tor zu werfen. Gefolgt wird das Männerspiel durch Wettkämpfe auf einer Schwimmmatte, auf der zwei Personen mit Poolnudeln bewaffnet versuchen, den Gegner ins Wasser zu schubsen. Unter lautem Gekreische erfolgt dies auch stets nach höchstens fünf Minuten. Nachdem die Männer ihren Spaß hatten, wirbt ein Animateurmädchen im Bade-Minirock für die morgendliche Wassergymnastik. Ich erwäge tatsächlich mitzumachen, doch als ich ältere Herrschaften mit großschwingenden Brüsten mitmachen sehe, überlege ich es mir doch anders und verziehe mich lesend auf meine Liege. Kurz darauf kommt mein Mann vom Strand zurück. Er wurde beim Bogenschießen, zu dem er sich hinreißen ließ, abgewiesen, da er kein T-Shirt dabei hatte. Dann eben nicht! Bald wird uns das Animationsgewerbe zu viel und wir verziehen uns zu unserer wohlverdienten Siesta in unsere Urlaubsgemächer.

8. Kapitel: Erinnerungsstücke vom Meer oder Steineklau?

Am Nachmittag gehen wir zum ersten Mal an den hoteleigenen Strand. Ein Steg führt hier zu einer Bar auf Stelzen im Wasser. Dank unserer Bändchen werden wir auch hier höflich und zuvorkommend bedient. Die weitere gute Nachricht: Es gibt hier keine Bezahlliegen und –schirme. Ein Dach überspannt eine weiträumige Liegefläche schattiger Liegen. Ein Paradies für uns Hellhäute. Hier fühle ich mich wohl im „Burkini", denn die meisten umliegenden Hotelgäste frönen ihrem Mittagsschlaf oder lassen sich im Meer von den Wellen schaukeln und beachten uns Neuankömmlinge und unsere Bademode nicht. Als wir uns niedergelassen haben, gibt es nur ein Ziel: Ab in die über 30 Grad warme Meeresbadewanne. Mein kühner Plan, barfuß über den Sand ans Meer zu stapfen, scheitert an ersten Sohlenverbrennungen. Unglaublich, wir sind wohl Mitte August in der Wüste gelandet. Fußverbrennungen kenne ich bisher nur auf dem Fußspann und das ist wirklich unangenehm, denn man kann tagelang keine Schuhe tragen. Also beim Eincremen immer auch auf den Füßen eincremen und die Nasenflügel nicht vergessen! Eine zweite Besonderheit ist hier die Muschellosigkeit am Strand, dafür gibt es wunderbar handschmeichelnde Steine. Wir sammeln händeweise diese Erinnerungsschätze. Auf dem Rückweg zur Liege laufe ich mit meiner Beute fast einem türkischen Polizisten in die Arme. Mir kommt die unglaubliche Geschichte aus den Medien in den Sinn: Ein Mann wurde am Flughafen mit Strandsteinen verhaftet, weil der Flughafenbeamte meinte, er hätte einen kulturellen Schatz geklaut. Na, hoffentlich habe ich hier keinen Bernstein entdeckt und werde nun als Räuber entlarvt. Wie sich herausstellt, ist es der Strand-Wachmann, der nicht die Steinesammler festnimmt, sondern die Anlage bewacht. Ein beruhigendes Gefühl, hier unter Schutz zu stehen. Ein Dank an das Clubmanagement!

9. Kapitel: Selbstanimation

Hier am Strand ist zunächst ein ruhigeres Fleckchen der Clubanlage, da alle entweder in ein Buch (vorwiegend Liebesromane bei Frauen, Krimis bei Herren) oder ihr Handy vertieft sind. Obwohl ich mich zunächst für handyfreien Urlaub entschieden habe, hege ich nun doch den Wunsch, meine Urlaubseindrücke mit zuhause zu teilen. Zumal das Handy heutzutage ja auch CD-Player, Fotoapparat und Telefon ersetzt. Also gehe ich online und sende erste Schnappschüsse von Sonne, Strand, Meer und der Familie in Shorty und Burkini in die Heimat. Die Antwort kommt prompt: Ihr glücklichen, hier kaltes

Nieselwetter. Ziel erreicht, ein bisschen Neid der Daheimgebliebenen steigert doch das Urlaubsgefühl. Natürlich verschweige ich wie alle anderen, dass die Temperaturumstellung mir auf den Kreislauf schlägt, es im Schatten am schönsten ist und wir uns bei dem schwülen, heißen Wetter hier sicher nur zum Pool, zur Siesta, zum Strand und zum Restaurant schleppen. Zumindest für heute beginnt mein Nachmittagsschläfchen am Strand und endlich streift eine kühlere Brise über meinen nassen Burkini. Während ich vor mich hindöse, denke ich an die hochschnellenden Scheidungsraten nach Weihnachten und dem Sommerurlaub. Für manche wohl ein bisschen viel Familie auf einmal. Gut nur, dass ich noch spannende Lektüre als Strandbeschäftigung für unsere Tochter eingepackt habe und mein Mann nicht ständig den modelmäßigen Mädels mit Silikonbrüsten hinterherschaut. Die Hitze des ersten Sandburgenbaus hat auch ihn nachmittagssschläfrig gemacht.

10. Kapitel: „Wir kaufen nichts!"

Von unserer netten Siesta werden wir von einem
Mann in Club-Outfit geweckt. „Massage, Massage",
ruft er über den Strand. Als er näher kommt und
mich höflich fragt: „Wie geht es Ihnen heute, meine
Dame?", antworte ich ebenso zugewandt: „Gut, mir
geht es gut!" Er setzt sich auf die freie Liege neben
mir, während mein Mann mit den Augen rollt. „Gut,
dann machen wir morgen Massage!", bestimmt er.
Um nicht unhöflich zu wirken, erwidere ich mit
einem unverbindlichen: „Am Ende der Woche
vielleicht, wir sind gerade erst angekommen!" Sein
„Nein, nein, meine junge Frau, besser ist es ein
Hamam mit einer Massage am Anfang des Urlaubs.
Das machen wir morgen!", lässt eigentlich keine
Widerrede zu und ich blicke hilflos zu meiner
Familie. Die tut abwesend und mir kommt ein
Geistesblitz: „ Ich überlege es mir und komme dann
morgen im Spa-Center vorbei, wenn ich es mir

überlegt habe!" scheint eine ausreichende Antwort zu sein, denn der Mann zieht mit seinem Notizblock weiter zur nächsten Familie mit seinem Spruch: „Mein Herr, was für ein schöner Tag. Wie geht es Ihnen?" Den bin ich erstmal los, aber nur für heute, wie sich noch herausstellen wird. Aber dazu später mehr.

11. Kapitel: Essen in Hülle und Fülle

Hotelessen kann ja so oder so sein, daher bin ich aufs Abendessen im Club gespannt. Pünktlich zur Eröffnung des Abendmahls fallen wir in den klimatisierten Buffetraum ein. Mir fällt als erstes die Nachtischecke ins Auge. Scheint, als hätten sie hier einen Pâtissier, den ganzen Leckereien zu urteilen. Wir stürzen uns zunächst in die Schlacht des heißen Buffets und ich wusste es schon immer: Die Buffetgestalter dieser Welt haben sicher einen Deal mit den Herstellern von Diätprodukten geschlossen, die man nach dem Buffetessen und mehreren Kilos zu viel auf der Waage benötigt. Zu unserer Freude ist das Personal hier sehr bemüht. Beim Buffet im Restaurant wird gegrillt, alles liebevoll zubereitet und zügig abgeräumt. Die Getränke werden in Sekundenschnelle serviert. Nur die Personalkleidung ganz in weißer Hose und weißem T-Shirt erinnert an einen Sanatoriumsaufenthalt, aber bloß ein bisschen... Nachdem ich zum dritten Mal zum Buffet gewatschelt bin nach dem Motto „Im Urlaub wird nicht gefastet" und getreu der Clubwerbung alles „all inclusive" und somit schon bezahlt, rolle ich mich nach dem ausführlichen Abendmahl mit meiner Familie zum Verdauungsspaziergang zum Strand.

12. Kapitel: Ein Abend im Club mit vielen Clowns

Hier genießen wir den Sonnenuntergang in aller Ruhe, während wir nicht vielen Clubbern begegnen.

Einige mussten sich nach dem Club-Buffet-Essen vor der Disco-Time aufgrund des vollgefutterten Magens sicher nochmal hinlegen. Als wir vom Strand zurückkehren, finden wir auch die Massen der anderen Touris wieder: Während die kleineren Kinder mit den studentischen Animateuren zu „Das ist so ein schöner Tag" in der Kinderdisco hüpfen und springen, drängen sich die Erwachsenen an die Hauptbühne mit bereitwillig gezahlten Bingokarten. Wir erwarten das Spiel und sind irgendwie nicht enttäuscht, dass wir nicht zu den Gewinnern von Kappen und T-Shirts im Clubstyle gehören. Im Anschluss erlauben wir unserer Tochter wie alle anderen Clubber einen längeren Ausgang, weil ja Urlaub ist. Wir schauen uns die Show „Zirkus" mit interessanten Akrobatiknummern und Clowns auf der Hauptbühne an. Dabei fällt mir noch etwas auf: Immer wieder erstaunlich, wie viele Menschen sich im Urlaub gerne zum Clown machen. Nach dem ersten verschämten Unter-Sich-Gucken im Publikum, als der Clown Freiwillige sucht, gehen die vorwiegend männlichen, ausgewählten Herren später auf der Bühne mit Glockenhut, Rasseln, Glöckchen und sonstigem Kleinkindinstrumentarium erstaunlich ab. Sich zum Affen machen auf der großen Bühne ist im Club kein Tabu, denn hier in dieser großen Familie kennt einen ja keiner.

Zusätzlich sorgt die schwüle, abendliche Urlaubsstimmung, geschwängert mit den kostenlosen Drinks für gekonnte Auftritte. Das Wichtigste scheint zu sein, dass sich alle über die Mitmachenden amüsieren, die in dieser Comedy gefangen wurden und sich heldenhaft – von der Familie fotografiert und bejohlt – im Applaus des Publikums suhlen. Spät geht für uns ein Urlaubstag zu Ende. Während wir schon lange in die süßen, sonnigen Träume abgleiten, hören wir noch lange dem Kindergeschrei vor unserem Gebäude zu. Das sind die Kinder jener Eltern, die an der Bar quatschen und trinken, um zu vergessen, dass sie Kinder dabei haben. Die Sandmännchenzeit ist hier im Club für viele nicht aktuell und alles ist gut, wenn die Kinder sich bis nachts selbst beschäftigen. Blöd, wenn beim selbstüberlassenen Spiel etwas passiert und die Eltern vom Stammtisch aufstehen müssen, um die „Nach-Müd-kommt-blöd"-Kinder trösten, schimpfen oder um Ruhe bitten zu müssen. Die Kinder vor unserem Feriendomizil scheinen weit weg von der Bar ihrer Eltern zu sein, denn der Krach wird immer lauter. Ob ich, die Super-Nanny des Clubs, im Nachtgewand nochmal raus muss, um für Ruhe zu sorgen? Doch da kommen sie, die rettenden Elternrufe: „Kinder, wo seid ihr? Es ist Schlafenszeit!" Na endlich gute Nacht und aufgrund der leiser und schwächer gestellten Klimaanlage im Zimmer hoffentlich nicht zu heiße Träume. Ich träume, dass ich mit unserer blauen aufblasbaren Delfinluftmatratze im tiefen Poolwasser paddele, als ein kleiner Junge hektisch auf mich zuschwimmt und sich an dem Delfinteil festklammert. Er ist völlig außer Atem und hat todesängstliches Herzrasen, als ich ihn auf die rettende Schwimminsel in Form unserer Luftmatratze ziehe. Als er sich wieder beruhigt hat, frage ich: „Wo sind denn deine Mama und dein Papa?" Er zeigt vage in die andere Richtung der Clubanlage und flüstert, als ob er sie sonst aufwecken würde: „Die schlafen da drüben hinter den Bäumen und wollen nicht gestört werden". „Kannst du nicht gut schwimmen?", will ich als erfahrene Schwimmlehrerin weiter wissen. „Na ja, ich habe das Seepferdchen, aber plötzlich konnte ich nicht mehr und wäre fast ertrunken, wenn ich nicht den Delfin gesehen hätte." Als ich wutschnaubend mit dem kleinen Jungen seine Eltern suche, die grob fahrlässig ihre Aufsichtspflicht verletzt haben, wache ich schnaufend auf. Glücklicherweise bin ich hier nicht der Lebensretter, doch mir fällt wieder ein, dass mir die Geschichte die Liegennachbarin am Pool gestern erzählt hat. Na hoffentlich sind heute alle Eltern wachsam und beachten die Hinweise, die scheinbar nicht mehr selbstverständlich sind und die ich auf Hinweisschildern bereits am Flughafen gesehen habe: ACHTEN SIE AUF IHRE KINDER !

12. Kapitel: Essensrituale

Neben dem schon erwähnten flotten und höflichen Personal bieten sich hier noch andere Annehmlichkeiten im Club: Pizzaservice aufs Zimmer nach dem Abendessen im Restaurant. Quasi Essen rund um die Uhr, bis die Bäuche platzen. Während unsere Tochter schon wunderbar schlummert, ordern wir uns eines Abends diesen Service und ich weiß: Die After-Urlaub-Diät wird härter als gedacht. Das Essverhalten meiner Familie ist überhaupt sehr interessant: Mein Mann, der zu Ostern keine bunten Eier mag, hat sein Herz für Omelette mit Schinken, Tomaten, Zwiebeln und Käse zum Frühstück entdeckt. Während unsere Tochter ganz spartanisch einen Toast mit überbackenem Käse und drei Scheiben Salatgurke isst, nehme ich mein traditionelles Frühstücksbrötchen ein. Nach einem ersten Anschauen aller Gerichte sind wir wieder in eine Art „Ritual am Morgen- gleicher Start in den Tag" mit den gleichen Frühstückszutaten verfallen. Auch sonst fällt mir auf: Was man kennt, isst man eben am liebsten. In der Sitzplatzauswahl werden wir auch eingespielter. Während wir mutigerweise am ersten Morgen am Tisch kinderreicher Familien, eben der Langaufbleibe-Kinder vom Vorabend, saßen, die unausgeschlafen zickig mit Essen spielten, matschten und nervten, wählen wir nun (dank der Clubeigenschaft der freien Tischwahl) ein Rentnerpärchen als Tischnachbarn zum Frühstück. Doch hier gibt es wie wir feststellen müssen herausfordernde, loriotverdächtige Szenen: Ein nett aussehendes Pärchen: Sie mit altrosa T-Shirt, brauner Perlenkette und brauner Fönfrisur um die 70 mit sehr auffällig nachgezogenen Augenbrauen. Er, Glatze mit Brille, blaues Sportshirt, etwas älter als sie. Dazu die Konversation (unsere Tischnachbarn sind auch Deutsche, daher verstehen wir jedes Wort und können nicht weghören):

Sie: „Du hast heute schon wieder drei Brote genommen, zuhause isst du immer nur zwei!" Er: „Mmmh." Sie: „Du musst heute deine Glatze besser

eincremen, du bist schon ganz rot!" Er: „Mmmh."
Sie: „Hast du den schönen Schal im Clubgeschäft
gesehen? Den muss ich nachher kaufen bevor wir
zum Strand gehen! Hast du Geld dabei?" Er:
„Mmmh." Sie (Tabletten aus der Handtasche auf den
Tisch legend): „Heute morgen musst du auch die
Herztablette dazu nehmen!" Er: „Mmmh." Ich
wusste es schon immer: Männer sind einsilbig! Nach
diesen Szenen einer überaus partnerschaftlichen,
harmonischen Ehetyrannei haben wir einen neuen
Tisch-Schlachtplan. Wir schauen, wo Leute bereits
beim Nachtisch sind und setzen uns dazu, kurz bevor
sie gehen!

13. Kapitel: Jäger und Presser
Auf eine kulinarische Besonderheit muss ich noch
zu sprechen kommen: selbstgepresster Orangensaft!

Wenn wir morgens ausgeschlafen zum Frühstück kommen, stehen sie schon da: die männlichen Saftpresser an ihren Orangenzermatsch-Maschinen. Mit besonderer Leidenschaft pressen hier die Familienvorstände das bevorzugte, vitaminhaltige Frühstücksgetränk für ihre Familie. Vorzugsweise unter schnellem Krafteinsatz wird die gehälftete Orange mit einer Kurbel ihres Saftes entledigt. Beim anschließenden Orangenmatsch-Zielweitwurf-Wettbewerb tritt dann schließlich der Schweiß aus allen Poren, wenn der Held des orangen Gepresses die Orangenreste passgenau in die Biomülltonne hinter der Saftbar zielt. Schließlich tritt der Familienvater stolz an den ausgewählten Familientisch und präsentiert seine Beute. Ein einmaliges, außergewöhnliches Cluberlebnis, das keine Familie verpassen sollte und die falsche Antwort an das Familienoberhaupt ist: „Die Orangen sind doch hier nicht gespritzt, oder?" Bitte merkt euch das, Frauen und Kinder, sonst ist der ganze männliche Urlaubstag ruiniert!

14. Kapitel: Ausflug mit einem Satz heißer Ohren

Am nächsten Tag haben wir Lust auf einen Ausflug. Wir Frauen wollen im nächstgelegenen Ort shoppen und mein Mann will zum türkischen Friseur. Als wir gegenüber der Hotelanlage auf den Stadtbus warten, hupt uns ein Auto mit taxiähnlichem Aussehen an. „Wollen in Stadt?", fragt der Mann. Wir werden uns im Preis handelseinig und schon sind wir auf der Piste. Überholen in Linkskurven, Fahrtwind, der dich fast zum Fenster hinausschubst und Drängeln mit Lichthupe ist für den türkischen Fahrer kein Problem. Für uns schon und wir sind froh, heil in der Shoppingmeile angekommen zu sein. Während wir durch die auf der Haut brennenden Hitze auf der Suche nach einem Friseur an den Geschäften entlangschlendern, bekommen wir schon die ersten Angebote: „Where do you come from?" „Kommen Sie herein, hier gute Preise". Glücklicherweise können wir uns in den nächsten Friseurladen flüchten und meine Tochter und ich gehen in den Schuhladen nebenan. Die Händler haben hier viel zu tun, daher können wir in Ruhe die Auslage anschauen und entscheiden uns für Flip-Flops und Badeschuhe, um unverbrannt und ohne die schwitzigen Schwimmschuhe über den Sandstrand ans Meer zu kommen. Da mein Mann besser handeln kann als ich und ich schon mitbekommen habe, dass man hier eben handelt, schleichen wir uns heimlich aus dem Laden und schauen, was der türkische Friseur mittlerweile mit meinem Mann gemacht hat. Als wir den Laden betreten, der erste Schock: Mein Mann sieht irgendwie aus wie „Forrest Gump", als er in die Army eingetreten ist. Ich lasse mir nichts anmerken und auch die Schrecksekunde, als der Starfriseur ein Messer aus einer Schublade holt, geht vorbei, als er damit die Halshärchen meines Mannes bearbeitet. Schließlich holt er ein Stäbchen mit Wattepuschel heraus und tunkt es in eine Flüssigkeit. Er zündet es an und mein Herz bleibt mir stehen: Mein Mann wird Opfer eines Anschlags. Als der Friseur mein Entsetzen sieht, erklärt er mit freundlichem, flüssigen Deutsch: „Keine Sorge, ich brenne nur die Härchen in den Ohren aus. Das gibt es nur in der Türkei. Ich war mal Friseur in Köln. Dort ist das verboten!" Trotzdem bin ich erst beruhigt, als ich sehe, dass mein Mann kein verbranntes Ohr hat. Das reicht mir und meiner Tochter jetzt. Wir wollen hinaus zu unseren auserwählten Schläppchen.

15. Kapitel: Das ist mir zu teuer!

Kaum betreten wir das Schuhgeschäft, kommen sie schon von allen Seiten auf uns zu: Die Verkäufer. Als sie mitbekommen, dass wir Deutsche sind, bestürmen sie uns mit Schuhen und vermeintlichen „Sonderangeboten". Mein Mann lächelt mir heldenhaft zu und sagt: „Lass mich nur machen!", weil er weiß, dass ich jeden Preis für ein begehrtes Stück bezahlen würde. Tatsächlich geht die Taktik erst auf, als er sagt, das wäre uns zu teuer und uns in Richtung Tür winkt. Meine Tochter weint fast, weil sie die Schuhe so gerne hätte, als der Mann im Laden ruft: „Okay, dann alles zusammen für 20 Euro." „Na, geht doch!" Mein Mann ist doch ein Genie. Als wir an der City-Strand-Promenade entlang schlendern, verkündet mein Mann den Plan für den Rückweg: Damit wir nicht wieder von 48 Ladenbesitzern angequatscht und halb in ihren Laden gezerrt werden, sollen wir bloß nicht zusammen zucken, wenn sie uns ansprechen. Sie merken sofort, wenn sie mit der angesprochenen Sprache richtig liegen, wenn jemand nämlich zusammenzuckt. Auch nicht in den Laden schauen, sonst ist man schon halb drin! In Deutschland ist so eine aggressive Verkaufstaktik nicht üblich, daher sind wir das überhaupt nicht gewohnt, so zu einem Produkt gedrängt zu werden. Eine ganz fiese Masche ist auch das Ansprechen von Kindern. Unsere Tochter ist natürlich ein begehrtes Opfer, da sie gegen Versprechungen fremder Verkäufer noch immer nicht immun ist. Also ein gutes Training bis zum Busbahnhof für uns. Jedenfalls bin ich froh, als wir ohne weitere Einkäufe am Taxi ankommen. Schließlich weiß man ja, dass die ganzen Markenartikel, die hier vermeintlich zu günstigen Preisen angeboten werden, nachgemacht sind. In einem Frauenroman, den ich einmal gelesen habe, wurde eine Frau mit einer Markentasche am Zoll fast verhaftet, weil sie Plagiate geschmuggelt hätte. Also gut, dass wir nur unsere Schlappen gekauft haben. Den Satz heiße Ohren für meinen Mann gab´s gratis zum Haarschnitt dazu... Als wir uns in sicherem Terrain der Clubanlage wähnen, kommt ein Mann in Club-Outfit auf uns zu: „Macken wir Fotos heute Abend an Strand mit ganze Familie!" Er lächelt unsere Tochter verzückt an. „Du kleine Prinzessin, willst du haben schöne Fotos von dir?" „Das ist mir zu teuer!", kommt die prompte Antwort unserer Prinzessin und sie geht ohne zu zucken weiter. Da haben wir doch heute alle was fürs Leben gelernt!

16. Kapitel: Leute von heute machen Cluburlaub
Ein Kapitel möchte ich noch den typischen Clubbern widmen. Eigentlich schaut man sich die anderen Menschen, vorwiegend die des anderen Geschlechts ja nur als Single genauer an. Ich erinnere mich noch an den Umschau-Stützsitz, als wir noch mit Reismatte bepackt zum See gefahren sind. Hier legte man sich auf den Rücken, um sich zum Herumschauen auf die Unterarme zu stützen. In

dieser Position hatte man alle Schwärme und Verehrer im Blick. Einige Jungs hatten damals schon Spiegelreflex-Sonnenbrillen, wodurch das Beobachten der weiblichen Seejungfrauen noch unbemerkter geschah. Im Club stelle ich fest, dass hier doch einige Leute rumspringen, die ein echter Hingucker sind. Hinter meinem Buch getarnt, kann ich mich hier auf die Lauer legen und sie mir ausführlich anschauen. Da ist zum Beispiel der Herr ganz links am Kinderbecken mit Spiegelreflex-Sonnenbrille und GELBEM, transparentem Brillenrahmen. Natürlich mit Tattoos über den gesamten Arm. Das ist hier überhaupt ein Thema. Es gibt hier viele tätowierte Leute, wobei ich immer dachte, nach dem „Arschgeweih" wäre das durch. Während das berühmte Über-Po-Tattoo nun vorwiegend Leute in meinem Alter tragen, ist bei den jüngeren Leuten bunte Ganzkörperbemalung in. Es beginnt meist mit einer Blumenranke, die sich vom kleinen Finger bis zum Hals zieht. Wörter in fremden Sprachen auf dem Oberarm, Rücken oder Bein sind auch „up to date" im Club. Schade nur, dass keiner es lesen kann und hoffentlich weiß der Träger dieser Hyroglyphen auch, was es heißt und ob es richtig geschrieben ist. Neben der Tattoo-Front dann viele Damen in Bikinis. Unglaublicherweise macht mich mein Mann gerade auf eine russisch sprechende Dame aufmerksam, die mit ihrem Sohn vorüberschreitet. Sie trägt einen Tanga-Slip, was nicht das Abenteuerlichste ist. Leider schaut dabei ihr weißer Po darunter hervor, der wohl vorher nur Bikinihosen gesehen hat, während der Rest des Körpers braungebrannt ist. Ein Bild für die Götter, doch da ich ihrer Sprache nicht mächtig bin, kann ich nicht nach einem Bild für dieses Buch fragen und ungefragt traue ich mich das nicht, obwohl mir mein Mann auffordernd den Fotoapparat hinhält. Nein, die Urheberrechte können dank Internet weltweit geltend gemacht werden und sicher gibt es eine Dame, die ihren Po hier wiedererkennen würde und mich zur Kasse bittet. Da schaue ich mir lieber den Herrn im Indianer-Oberteil an. Naja, vielleicht doch eher nur abgewandelt, denn es ist eher gelb mit Indianermustern darauf. Er leuchtet so von weitem, dass jeder am Pool mittlerweile weiß, dass er es schon eine Woche trägt. Das muss unangenehm durchgeschwitzt sein und ich hoffe seine Erklärung ist, dass sein Koffer am Flughafen abhanden gekommen ist und er nur dieses Ding im Handgepäck hatte. Als ich weiter rumschaue, sehe ich tatsächlich eine Frau in meinem Badeanzug. Da ich ja meist den Burkini trage, den ich aber gerade jetzt zum Trocknen aufgehängt habe und in meinen traditionellen Badeanzug geschlüpft bin, fällt es ihr

41

und einigen anderen auch auf. Zweifelsohne sehe ich nicht nur im Badeanzug jünger und dünner aus, doch wir scheinen es beide mit Humor zu nehmen. Ich bin da reichlich unaufgeregt und renne nicht hektisch aufs Zimmer, um mir Wechselklamotten zu holen, sie auch nicht. Doch es hätte ganz anders kommen können, kennen wir doch alle Geschichten von Damen, denen nichts peinlicher ist, als wenn ihr Ballkleid von einer zweiten Person getragen wird. Fluchtartige Szenarien, in denen eine sofort tränenüberströmt nach Hause muss, um sich umzuziehen. Nein, das geht gar nicht. Wir erfreuen uns beide an unserem guten Geschmack. Etwas, was wir nicht gemeinsam haben, ist die Tatsache, dass ich nicht „Bärchen" zu meinem Mann sage.

17. Kapitel: Sonnenuntergang am Meer

Wieder ist ein Tag zu Ende gegangen und wir pflegen seit dem zweiten Tag ein wunderschönes Ritual abseits des Animationstrubels. Wir beenden

den Tag mit einem Spaziergang am Meer. Anschließend sitzen wir noch auf der Veranda der geschlossenen Bar auf dem ins Meer gebauten Steg und beobachten die Fische. Endlich ist es hier am Strand ganz ruhig. Während tagsüber hier viel Wasserverkehr ist (durch ein ständig kreuzendes Piratenschiff als Ausflugsattraktion, diverse Bananenboote, Motorboote, die Menschen an Fallschirmen in die Luft gleiten lassen und in einer respektablen Höhe übers Wasser ziehen, Jetski-Fahrzeugen und diversen anderen Motorbooten), kehrt hier abends Ruhe ein. Wenn tatsächlich mal ein Wind über das Meer streicht, fotografieren wir unser wallendes Haar im Sonnenuntergang und fangen die Stimmung ein. Wir brauchen keinen Fotografen dazu. Deren Fotografenblitze sieht man immer wieder und überall am Meer zucken. Wenn es dann dunkel ist (und das ist wie erwähnt ja schon um 20 Uhr), gehen wir für ein letztes Getränk in die Beach Bar, in der allabendlich eine Band spielt. Echte Menschen mit echten Instrumenten und sie spielen internationale Lieder, wirklich sehr nett und schade, dass nicht viele Menschen sich die Zeit für etwas Gemütlichkeit abseits des Clubs gönnen. Wenn wir unser Zimmer betreten, ist wie immer auch noch Sand im Flur des Zimmers und auf dem Bett zu finden. Ein echter Strandurlaub eben. Und wieder staunen wir nicht schlecht über die Strandsteine, deren Tüte immer größer und schwerer wird.

18. Kapitel: Türkische Urlaubsbesonderheiten

Da wir nur einen Ausflug in eine türkische Touristenmetropole gemacht haben, bleiben für dieses Kapitel nur kleine Besonderheiten übrig. Neben den überall angebotenen Waren von T-Shirt bis Badelatschen und Haareschneiden, fällt mir hier wieder das Handeln ein. Dabei wäre ein Geschäftsmodell für uns wohl eher gewesen, uns unaufgefordert in den Laden kommen und schauen zu lassen. Sicher hätten wir dann noch vermeintliche Schnäppchen getätigt. Da sollten die Türken mal drüber nachdenken! Im 5-Sterne-Hotel sollte man ebenfalls meinen, dass sich der Fotograf und der

Masseur (er lauert mir immer noch täglich auf und heute habe ich ihn mit einem bösen „Nein danke, auch morgen nicht" hoffentlich für den Rest des Urlaubs in die Flucht geschlagen) zurück halten könnten. Eine Idee für unsere Straßen wäre im Gegenzug die Ampeluhr, wie ich sie nennen würde. Wird eine Ampel grün oder rot, so erscheint in einer rückwärts zählenden Anzeige die Sekundenanzahl, die noch bleibt, bis zum Wechseln der Ampel. Als wir beispielsweise mit dem Taxi auf eine rote Ampel zufuhren, wussten wir, dass sie in 23 Sekunden umschaltet und wir weiterfahren können. Ebenso konnte der Taxifahrer bei einer grünen Ampel noch drüberfahren, denn erst in 8 Sekunden sollte sie auf Rot wechseln. Was unsere Tochter besonders fasziniert hat, ist die „Doppeltür" in unserem Clubzimmer. Eine Tür, die zu zwei im 90-Grad-Winkel angebrachten Türrahmen passt. So kann man entweder das Bad verschließen und der Durchgang zur Toilette ist frei, oder man verschließt die Toilette und hat freien Zugang zum Bad. Eine echte Türersparnis. Ein Souvenir für Kinder, welches im Clubladen feilgeboten wird, ist ein Outfit für Kinder mit von oben bis unten besetzten Glitzerpailletten. Da unsere Tochter allerdings auch heute noch ernsthaft im rosa mit schwarz getupften mallorquinischen Flamenco-Kleid zu

Verwandtschaftsgeburtstagen hingehen möchte, kann ich ihr dieses türkische Accessoire mit der Begründung ausreden, dass es dafür bei uns nicht heiß genug ist. Stimmt auch, und Fasching ist im Februar, da kann man auch kein rückenfreies Oberteil aus der Türkei tragen.

19. Kapitel: Back to Germany

Nachdem wir bereits acht Tage am Pool, Strand und der Clubanlage verbracht haben, stellen wir fest, dass unser Abflug sich nähert. Unsere Tochter möchte zum Abschluss nochmal ins Rutschenparadies, von dem ich noch gar nicht berichtet habe. Hier gibt es vier Rutschen, die sich nach Breite, Kurvenreichtum und somit Schnelligkeit unterscheiden. Während mein Mann und mein Kind am ersten Rutschentag noch verhalten rutschten und trotzdem eine unfreiwillige Nasenspülung ertragen mussten, sind sie nun bestens ausgerüstet. Mit Taucherbrille und ohne bremsenden Shorty geht es im Badeanzug und knapper Badehose über die wassernassen Rutschen hinein ins kühlende Nass. Nur das Pfeifen des „Lifeguards" am Rand nervt, denn kein Mensch kann so schnell wie er pfeift das Becken verlassen. Vielleicht wäre er gerne Schiedsrichter geworden. Wie immer ist der Abschied mit einem weinenden und einem lachenden Auge verbunden. Mittlerweile kennen wir die gesamte Anlage, haben nochmal Minigolf gespielt und uns richtig an das leckere Essen und die geputzten Zimmer gewöhnt. Auch die Meeresluft, den Sand und das Meer werden wir vermissen. Doch andererseits freut man sich auf zuhause. Auf den Rest der Familie, Freunde, das eigene Bett und mal wiedcr kühlere Luft! Wir besteigen also am zehnten Tag wieder unseren Urlaubsflieger und landen sicher am Zielflughafen in Deutschland. Im Gepäck haben wir natürlich die unspektakulären Strandsteine, jede Menge Fotos und viel Erinnerung an Sonne und Wärme.

20. Kapitel: Wie war's denn?

Natürlich benötigen wir zuhause erstmal ein paar Tage, um die viele verschwitzte Wäsche zu waschen und alle über unsere Urlaubserfahrungen aufzuklären. Auf die Frage „Wie war's denn?" gibt es hier Für und Wider, welches ich im Gegensatz zu anderen Menschen, bei denen immer alles super gut ist, auch sagen kann. Die Anlage war sehr gepflegt, das Personal höflich und aufmerksam und das Zimmer sauber und klimatisiert. Die Animation ist mir teilweise auf den Nerv gegangen, ebenso wie das Tragen des Bändchens. Nachdem ich mich dann in Deutschland von dem Bändchen entledigt hatte, stehe ich im Supermarkt an der Kasse und bekomme einen Megaschreck, weil ich denke, ich hätte das Bändchen im Einwurffach der Einmalhandschuhe für die Brötchenrausholung verloren. Da fällt mir wieder ein, dass ich zuhause kein Bändchen fürs Abendessen vorzeigen muss. Eine echte Bandphobie im Nachhinein also! Wunderbar war natürlich die Tatsache, dass wir hier wie gewünscht einen zuverlässigen Sommer hatten. Die Schwüle dazu und die hohen Temperaturen hätten allerdings nicht sein müssen. Auch Ausflüge in die Berge oder ins Aquarium in die nächstgrößere Stadt fielen deshalb aus und wir haben außer der Anlage nicht viel von Land und Leuten gesehen. Ein Aufenthalt wäre hier daher im Frühjahr oder Herbst sicher empfehlenswerter. Während unsere Tochter es genossen hat, nie zu frieren, sind wir Eltern fast weggeschwitzt. Auch die Poolhandtücher sind auf dem Balkon über Nacht nicht getrocknet. So konnte ich wenigstens öfter beim netten Herr Handtuch-Mann vorbeigehen. Das Essen war hervorragend, fast zu hervorragend, wie mir meine Waage zuhause mitteilt. Die beste Nachricht kommt zum Schluss: Auch nach zehn Tagen heißem Türkeiaufenthalt ist keiner von uns verbrannt (dank meiner intensiven Vorsorgemaßnahmen) und wir haben uns alle noch lieb!

Danksagung

An dieser Stelle ganz herzlichen Dank an meinen Mann und unsere Tochter, die mich beim Schreiben motiviert, inspiriert und unterstützt haben.